Martin Josef Boubal

BAND 1

Oberndorf an der Melk

Der Grossberg und sein magischer Wald

Das Buch

In den Wäldern und Hügeln rund um Oberndorf an der Melk leben nicht nur Tiere, Bäume und Menschen – dort leben auch Geschichten.

Sagen, die über Generationen hinweg weitergegeben werden können und von Mut, Magie, Freundschaft und Menschlichkeit erzählen.

Diese Sagen verbinden alte Weisheiten mit liebevoller Fantasie und lassen die Natur rund um den Großbergwald lebendig werden.

Ein Buch für alle, die an das Gute glauben – in Mensch, Tier und Natur.

Martin Josef Boubal

Neue Geschichten, Mythen und Sagen

aus dem niederösterreichischen Mostviertel

Band 1

Impressum

Texte:
© Copyright by Martin Josef Boubal (MJB)

Illustrationen:
© Copyright by Martin Josef Boubal (MJB)

Umschlaggestaltung:
© Copyright by Martin Josef Boubal (MJB)

Verlag:
Neopubli GmbH
Köpenicker Straße 154a
10997 Berlin
kontakt@epubli.de

Herstellung:
epubli - ein Service der neopubli GmbH, Berlin

Kontaktadresse nach EU-Produktsicherheits-verordnung:
produktsicherheit@epubli.com

„Fantasie ist wichtiger als Wissen,
denn Wissen ist begrenzt.“

Albert Einstein

Dieses Buch ist allen Bürgern aus Oberndorf an der Melk gewidmet, und jenen Personen, welche an die Magie der Tiere, der Natur und die Erde glauben.

Weitere Informationen über den Autor erfahren sie am Ende des Buches.

Inhaltsverzeichnis

Vorwort

Ihr kennt doch alle am Großberg den Wald, oberhalb des malerischen Oberndorf, im Mostviertel. Dort, wo sich der Fluss Melk, mitten durch den Ort schlängelt, und einen erfrischenden Platz im Sommer bietet.

Nein! Ihr kennt diesen Wald nicht! Das ist wirklich Jammerschade, denn er verbirgt so einige Geheimnisse. Es gibt viele Geschichten, Mythen und Sagen um diesen Wald. Wenn ihr wollt, erzähle ich euch davon und ihr macht euch mit mir auf die Reise in die sagenumwobene Welt des Großbergwaldes.

Man erzählt sich, dass dieser Wald ein ganz besonderer Ort sei, denn hier sollen magische Wesen erscheinen, besondere Ereignisse eintreten und geheimnisvolle Zeichen gefunden worden sein. Niemand kann sich bis heute erklären warum dieser Wald so Rätselhaft ist. Doch die Anziehungskraft und die gute Energie der Natur, spiegeln sich in den Geschichten und Sagen wider.

Finde deine eigenen Geschichten und erzähle sie weiter, flüsterte der Wald mir zu. So kam es, dass ich die Gedanken während ich behutsam mit bedachter Stille durch den Wald schlenderte, niederschrieb.

Jede Sage ist eine einzeln abgeschlossene Geschichte mit eigenen Charakteren, Tieren, Pflanzen und Gegenständen. Wundert Euch jedoch nicht, wenn kleine Details in den Sagen vom Großberg doppelt vorkommen. Der Wald ist eine Einheit voller Naturzauber. Wer sich einmal den Wald geöffnet hat, wird sich immer mit ihm verbunden fühlen. Es öffnet sich die Seele und eine wundersame Ruhe kehrt in einem ein.

Der Wald ist etwas ganz Besonderes, auch wenn man an Naturgeister oder Phänomene mit den Elementen nicht glaubt. Er begrüßt jeden Einzelnen mit einem lauen Lüftchen, oder mit einem leisen Knacken. Manchmal hört man auch, wenn man gut hinhört, ein leises Summen oder Flüstern. Die Tiere und Pflanzen des Waldes sind da. Nehmt sie wahr und lasst euch führen. Führen in eine Welt voller Magie, Träume und wundersame Begegnungen. Es ist nie zu spät sich dem Wald zu öffnen und die Kraft der Natur kennen zu lernen.

Wenn mal die Angst in einem aufsteigt, oder Traurigkeit die Sinne vernebelt, dann macht einfach einen Spaziergang durch den Wald. Er wird euch helfen zur Ruhe zu kommen. Eure Gedanken werden klarer und die Ängste werden schwächer. Das Herz wird sich dem Wald öffnen und für neue Begegnungen sorgen.

Ich wünsche Euch viel Spaß beim Lesen der Geschichten und dass euch das eine oder andere Geheimnis des Waldes im Herzen berühren wird.

Das Kapuzenmandl

Einst erzählte man sich, dass es im Mostviertel, in Oberndorf an der Melk, hoch oben im Wald am Großberg, ein Wesen lebte, welches Kapuzenmandl genannt wurde. Es soll sich einmal im Jahr, in der Herbstzeit gezeigt, und einen ohrenbetäubenden Schrei ausgestoßen haben, so laut, dass der Hall noch weit unten im Dorf zu hören war.

Das Kapuzenmandl war ein Naturgeist der alten Schule, denn sobald sich ein Mensch dem Wesen näherte, verwandelte es sich zu einem wunderschönen, schlanken weißen Pilz.

Eines vergangenen Tages, streifte Ende Oktober, die Blätter zeigten sich in bunten Farben, eine junge Magd durch den Wald. Sie hüpfte herum, sang ein Lied, und war sehr übermütig. Sie war so aufgekratzt, dass Sie alles andere als achtsam mit der Umwelt war. Sie riss Blätter und Äste von den Bäumen, zerstörte frisch gewachsene Pilze, und die mühevoll aufgebauten Ameisenhaufen am Wegesrand.

Genau an diesem Tag, es war schon dämmrig, war auch das Kapuzenmandl erwacht und streifte durch seinen Wald. Es vernahm schon von weitem das Gelärm und versteckte sich hinter einen Baum. Beobachtend, mit scharfen Blick, konnte es die Untat der Frau miterleben und erzürnte sogleich. Der Mensch kam immer näher, sodass sich das Wesen in einen prächtigen Pilz verwandelte. Da jedoch die junge Frau sehr gute Augen hatte, entdeckte sie alsbald den schönen Pilz hinter einer alten Eiche. Ohne zu zögern wollte die Magd den Pilz von seinem Standplatz fegen, doch es kam anders als geplant.

Mit einem kurzen Knall verwandelte sich der Pilz in das Kapuzenmandl und zwickte das junge Weib in den Finger. Die Frau erschrak so sehr, dass sie mit Ihren Hintern in den weichen Waldboden landete. Die Magd starrte erschrocken auf den Waldgeist und gleich danach auf das tropfende Blut aus ihren Finger. Voll Zorn, wegen des ungezogenen Verhaltens der Frau, stieß das Kapuzenmandl einen lauten schrillen Schrei aus und verfluchte die Magd. Fortan solle es zur Strafe bis an ihr Lebensende, Tag ein Tag aus, bei Hitze oder Kälte, bei Sonne, Regen oder Schnee, so viele Schritte laufen, bis ihr die Beine schmerzten, und die Füße blutende Blasen bildeten.

Als Erinnerung an die Schandtat, soll jedes Jahr auf den Platz, wo ein verlorener Tropfen Blut aus dem Finger auf den Boden des Waldes landete, ein Pilz für die Tiere des Waldes wachsen.

Bis zur heutigen Zeit, wenn man in Oberdorf die Ohren spitzt, kann man an einem Tag im Herbst, den Hall eines Schreies von hoch oben aus dem Wald vernehmen. Auch die Augen sollte man im Dorf offenhalten, denn vielleicht erkennt man die eine oder andere Magd, die Tag ein, Tag aus, bei Hitze oder Kälte, bei Sonne, Regen oder Schnee, bis die Beine schmerzten und die Füße bluteten, durch Oberndorf zieht. Die Pilze wachsen im Wald noch heute. Ich habe es gesehen.

Das Kapuzenmandl ist noch da, versteckt oben am Großberg. Darum seid achtsam und behutsam mit unserer Natur. Schätzt die Tiere und die Pflanzen. Dann wird es euch das Kapuzenmandl danken.

Der goldene Tannenzapfen

Die Zeiten waren schlecht in Oberndorf. Hungersnot, Armut und Krankheit zogen durch das Land. Niemand wusste wie es weitergehen vermochte, bis eines Tages, ein nie dagewesenes Glück den Menschen Hoffnung schenkte.

Der Sohn eines Landmannes machte sich Sorgen um seine kleine Schwester. Sie ward an einer Entzündung der Lunge erkrankt. Es gab kaum noch Zuversicht der Genesung. Um den Kopf etwas Freiheit zu schenken, wanderte er zum Wald am Großberg hinauf. Oben angekommen erfreute er sich der Aussicht. Doch gleich darauf kamen die traurigen Gedanken wegen seiner Schwester zurück. Der Junge begann zu weinen. Die Tränen glitzerten in seinem Gesicht, als ein Windhauch aus dem Wald einen angenehmen Duft in seine Nase trieb. Er zögerte, doch einem Gefühl vermochte er zu folgen. Der Bub betrat den Wald. Schritt um Schritt folgte er der sanft riechenden Brise. Betäubt vom Geruch, überstieg er vorsichtig Blätterlaub und am Boden liegendes Geäst. Schwindel kam in Ihm auf, und kurze Zeit später, sank er auf seine Knie. Schwer atmend, und mit seinen Armen am Erdreich stützend, bemerkte er etwas Glänzendes im Waldboden. Mit seinen Fingern ertastete er etwas Goldenes. Ein Zapfen aus schillernden Gold. Der Junge erstarrte vor Verwunderung und konnte sein Glück kaum glauben. „Wer hat diesen goldenen Tannenzapfen hier verloren?"

fragte er sich, als erneut ein sanftes Lüftlein seine Ohren streifte. „Nimm diesen goldenen Tannenzapfen als Geschenk des Waldes an und tue Gutes. Ein Jahr wird dir gewährt um ehrwürdige Taten zu vollbringen. Du bist ein guter Mensch, darum ist der Wald dir wohlgesinnt.“

Nach diesen Worten wusste der Junge sogleich was er zu tun hatte und lief hinab in das Dorf. Er hetzte so schnell er konnte ins Tal, stieß Tore auf und fegte hinein ins Schlafgemach wo seine Schwester um Ihr Leben rang. Mit einem Gedanken nach dem andern und ohne zu wissen woher diese stammten, zog er einen Krug mit Wasser herbei und setzte den goldenen Zapfen in das

Gefäß. Das Wasser färbte sich wunderwirkend golden. Nun gab der Junge seiner Schwester, schluck für schluck ein wenig Wasser zu trinken, mit der Hoffnung, zur Genesung. Nach sieben Schluck Wasser, strahlte die kleine Schwester ihren Bruder an. Sie atmete tief in Ihre Lungen und schlief erschöpft aber ruhig ein. Der Bub wusste instinktiv, seine Schwester ward geheilt.

Nach einer Woche zogen die beiden Kinder gemeinsam durch den Ort. Überall war dieses Elend und diese Qual der Menschen zu erkennen. Der Junge und seine Schwester nahmen sich aller Kranken im Dorf an. So kam es, dass in kürzester Zeit alle genesen waren und die Menschen ihre Arbeit verrichten konnten. Durch die Arbeitskraft der

Dorfbewohner blühte der Ort in Windeseile auf und die Armut ward Geschichte.

Der goldene Tannenzapfen verschwand nach einem Jahr auf wundersame Weise. Doch die beiden Kinder mochten die Arbeit an den Menschen. Darum erlernten sie mit Bedacht die Schätze der Natur zu nutzen und anzuwenden. Zwei Geschwister, die kranke Menschenbehandelten und Ihnen ein neues Leben schenkten.

Die Magie des Waldes am Großberg bei Oberndorf ist tiefgründiger als man denkt. Dieser Wald ist Sinnbild des Lebens. Darum schätzt die Energie und Kraft die er uns schenkt. Nehmt Rücksicht auf all die Lebewesen und Pflanzen. Sie werden es danken.

Der gütige Hirsch

Einst lebte ein armes Mädchen namens Clara in Oberndorf nahe des Flusses Melk. Ihre Familie besaß kaum mehr als ein kleines, windschiefes Häuschen am Rande des Dorfes. Clara war gutherzig, tapfer und für ihr junges Alter ungewöhnlich klug.

Eines bitterkalten Winters schickte ihre kranke Mutter sie in den nahegelegenen Wald am Großberg, um Holz zu sammeln. "Sei bitte vorsichtig im Wald mein Kind," mahnte sie, "denn es heißt, der Wald gehört nicht nur den Menschen. Es geschehen dort oben rätselhafte Dinge." Clara stapfte durch den tiefen Schnee, und je weiter sie sich in den Wald wagte, desto stiller wurde es.

Plötzlich knackte hinter dem Mädchen ein Ast, und aus dem Dickicht trat ein Rudel Rehe hervor. Vor ihnen bäumte sich ein mächtiger Hirsch mit silbernem Geweih auf. Clara hielt den Atem an, doch anstatt davonzulaufen, blickte der Hirsch sie mit klugen, fast menschlichen Augen an. "Fürchte dich nicht, Clara," sprach der Hirsch mit sanfter Stimme. "Du hast ein reines Herz. Der Wald hat dich beobachtet und deine Taten geprüft. Er hat dich für würdig befunden." Daraufhin führten die Tiere sie tiefer in den Wald, bis zu einer verborgenen Lichtung. Mitten auf dem freien Gelände, lag ein alter, mit Moos bedeckter Baumstumpf, in dessen Innerem sich ein Schatz aus goldenen Äpfeln und leuchtenden Edelsteinen befand. "Nimm nur, was du brauchst," sagte der Hirsch. "Doch vergiss nie, wem du es zu verdanken hast." Clara nahm nur ein paar Äpfel und einen kleinen Edelstein mit nach Hause. Von da an ging es ihrer Familie besser, und sie lebten in Bescheidenheit, aber ohne Not.

Bis heute sagt man sich in Oberndorf, dass der Wald am Großberg über jene wacht, die mit reinem Herzen kommen – und dass der silbergehörnte Hirsch noch immer dort wandelt, bereit, die Würdigen zu prüfen.

Seid achtsam oben am Großberg, im Wald, wo die Tiere wohnen. Die Natur braucht unseren Schutz. Die Tiere und die Pflanzen werden es euch danken.

Der leuchtende Stein

Vor langer Zeit, als das Mostviertel noch von tiefen, uralten Wäldern durchzogen war,

lag auf dem Großberg bei Oberndorf ein geheimnisvoller Flecken Erde, den die Leute nur ehrfürchtig „das heilige Wäldchen" nannten. Dort, verborgen unter Farnen, Moosen und uralten Buchen, verbarg sich ein leuchtender Stein, der in der Dämmerung zu glühen begann wie ein kleines, stilles Feuer.

Der Stein, so hieß es, hatte Heilkräfte.

Tiere aus dem Wald, verletzte Rehe, erschöpfte Dachse, sogar alte Füchse, wurden manchmal beobachtet, wie sie nahe dem Stein auf dem Waldboden verweilten. Wenn sie wieder aufstanden, wirkten sie viel kräftiger und lebendiger. Als wären sie verwandelt. Die Pflanzen um den Stein herum wuchsen besonders üppig. Mädesüß, Schafgarbe, Johanniskraut und Baldrian, allesamt Heilkräuter, schienen hier besonders kraftvoll zu gedeihen und zu blühen.

Eines Tages hörte ein junger Mönch namens Gregor von dem geheimnisvollen Ort. Er war aus dem nahen Augustiner Kloster entsandt worden, um die Wahrheit über diesen „heidnischen Aberglauben" zu erfahren. Doch als er den Wald betrat, geschahen wundersame und seltsame Dinge. Die Vögel verstummten, der Wind legte sich, es wurde dunkler, und es war, als hielte der ganze Wald den Atem an.

Tief im Dickicht entdeckte Gregor seltsame Zeichen auf den Baumrinden. Die Bäume zeigten Spiralen, Tierfiguren, und ein leuchtendes Kreuz, das sich scheinbar immer neu formte, je länger man es ansah. Er folgte vorsichtig den Zeichen, bis er schließlich vor einem leuchtenden Stein stand.

Als er ihn berührte, durchfuhr ihn eine Wärme, wie er sie nie zuvor gespürt hatte. Eine Vision ergriff ihn. Er sah den Wald, wie er einst gewesen war. Ein Ort der Einkehr, der Heilung und der Harmonie zwischen Menschen, Tiere und der Natur. Er sah die Wildtiere in Frieden neben Menschen lagern, und hörte alte Lieder, gesungen in einer Sprache, die er nicht verstand, aber fühlte.

Von diesem Tag an änderte sich der Mönch. Er predigte von der Achtung vor der Natur, vom Einklang mit der Schöpfung.

Die Leute lachten zuerst, doch bald heilte er Kranke mit Kräutern, die er aus dem nahen Wald holte, und sprach mit solch tiefer Weisheit, dass man ihm zuhörte.

Doch der leuchtende Stein verschwand eines Nachts, so plötzlich, wie er gekommen war. Manche sagen, er habe sich dem entzogen, was die Menschen nicht mehr ehrten. Andere meinten, der Wald habe ihn versteckt, bis wieder jemand würdig sei, ihn zu finden.

Noch heute erzählen die Alten in Obern-dorf an der Melk von geheimnisvollen Lichtern am Großberg, von Tierspuren, die plötzlich aufhören, und von Pflan-zen, die dort wachsen, wo sonst nichts gedeiht. Wer sich in der Dämmerung in den Wald wagte, soll leise Gesänge hö-ren, und manchmal, mit etwas Glück, ein sanftes leuchten zwischen den Bäu-men sehen.

Der Großbergwald birgt viele Geschich-ten und Mythen. Die Tiere und die Pflanzen wissen ihre Geheimnisse zu schützen. Seid daher achtsam mit der Natur. Erst dann werdet ihr ein Teil des Waldes am Großberg sein.

Der weise Leopold

Vor langer Zeit, in dem malerischen Dorf Oberndorf an der Melk, eingebettet in die sanften Hügel des Mostviertels, da geschah etwas Ungewöhnliches.

Die Menschen in Oberndorf waren bekannt für ihren Fleiß und ihre Herzlichkeit, doch in den letzten Jahren schien ein dunkler Schatten über dem Ort gekommen zu sein. Die Ernten waren mager, das Vieh kränkelte, und selbst die sonst so sprudelnden Bäche führten nur noch spärlich Wasser.

Die Erwachsenen hatten alles versucht. Sie beteten, sie opferten, sie suchten Rat bei Weisen – doch nichts half. Die

Sorgenfalten auf ihren Gesichtern wurden immer tiefer, und die einst so fröhlichen Lieder verstummten.

Inmitten dieser tristen Zeit lebte ein kleiner Bub namens Leopold. Leopold war vielleicht nicht der Größte oder der Lauteste, aber er hatte Augen, die alles sahen, und ein Herz, das voller Güte war. Während die Erwachsen in ihren Sorgen versanken, beobachtete Leopold die Natur. Er sah, wie die Bienen verzweifelt nach Blüten suchten, wie die Vögel hungerten und wie die Erde unter der Trockenheit litt.

Eines Abends, als die Abendsonne die Kirche von Oberndorf in ein goldenes Licht tauchte, kam in Leopold ein Gefühl der Wärme auf. Er spürte allgegenwertige Liebe, Vertrauen und Hoffnung.

Noch am selben Abend fasste Leopold einen ungewöhnlichen Entschluss. Er ging zum Dorfplatz, wo sich die Dorfbewohner oft versammelten, und rief mit seiner kleinen, aber klaren Stimme: "Hört her, liebe Oberndorfer! Ich weiß, wie wir unser Unglück beenden können!"

Die Erwachsen schmunzelten milde. Ein kleiner Bub? Was sollte der schon wissen? Doch Leopolds Augen strahlten eine solche Überzeugung aus, dass sie ihm zuhörten.

"Wir müssen die heilige Quelle oben im magischen Wald am Großberg finden!", rief Leopold. "Die Quelle, die uns einst so reichlich mit Wasser versorgte, ist beleidigt. Wir müssen sie um Verzeihung bitten und ihr ein Geschenk machen."

Die Erwachsenen blickten sich fragend an. Welche heilige Quelle? Was für ein magischer Wald? Die meisten Quellen in der Umgebung waren versiegt oder führten kaum Wasser. Nur die alte Großmutter Anna, die älteste im Dorf, erinnerte sich an eine Sage von einer verborgenen Quelle oben im Großbergwald, die nur reinen Herzens gefunden werden konnte.

Leopold erzählte von dem Gefühl und dem Tagtraum als er die Kirche im goldenen Schein erspähte. Der Traum zeigte eine verborgene Quelle tief im

Wald. Er beschrieb den Weg so detailliert, dass selbst die größten Zweifler einen Funken Hoffnung spürten.

Doch ein Problem gab es: Die Quelle lag in einem Teil des Waldes, der seit Generationen nicht betreten wurde. Niemand wagte sich dorthin, denn es hieß, dort spukten böse Waldgeister.

"Ich gehe!", sagte Leopold mutig. "Ich habe keine Angst." „Nur ein reines Herz kann den Wald betreten!", sagte die Großmutter mit kratziger Stimme in die Runde.

Die Erwachsenen zögerten. Sollten sie einen kleinen Jungen in diese Gefahr schicken? Doch Leopolds Entschlossenheit war ansteckend. Und so beschlossen sie, ihn zu begleiten, wenn auch mit großer Sorge im Herzen.

Am nächsten Morgen brach eine kleine Gruppe, angeführt von dem kleinen Leopold, in den dunklen Wald auf. Je tiefer sie vordrangen, desto dichter wurde das Unterholz, und die Schatten schienen sich zu verdichten. Die Erwachsenen wurden ängstlich, doch Leopold ging unbeirrt voran, seinen Blick fest auf den Pfad gerichtet, den er im Traum gesehen hatte.

Schließlich erreichten sie eine Lichtung, auf der ein alter, knorriger Baum stand. Unter seinen Wurzeln, kaum sichtbar, glitzerte ein kleines Rinnsal. Die heilige Quelle! Sie war fast ausgetrocknet.

Leopold kniete nieder. Er legte seine kleine Hand auf den feuchten Boden und sprach mit leiser, ehrfürchtiger Stimme: "Liebe Quelle, wir Oberndorfer bitten dich und den Wald um Verzeihung. Wir haben euch vernachlässigt und eure Gaben nicht genug geschätzt. Wir versprechen, gut auf euch zu achten und stets dankbar zu sein."

Dann holte er ein kleines, geschnitztes Holztierchen hervor, welches er selbst gefertigt hatte, und legte es vorsichtig in das Rinnsal der heiligen Quelle. Es war ein Pantier, das Wappentier von Oberndorf an der Melk.

Im selben Moment geschah ein Wunder. Das Rinnsal begann zu sprudeln, erst zögerlich, dann immer stärker. Das Wasser wurde klarer und klarer, und bald rauschte ein kräftiger Bach über die Steine. Die Vögel zwitscherten lauter, und die Bäume ringsum schienen aufzuatmen. Ein Gefühl des Friedens und der Hoffnung breitete sich aus.

Als die Menschen in ihr Dorf zurückkehrten, wurden sie mit Jubel empfangen. Die Kunde von Leopolds Mut und der wiedergefundenen Quelle verbreitete sich wie ein Lauffeuer. Die Felder erholten sich, die Tiere wurden gesund, und die Bäche rauschten wieder fröhlich.

Und so kam es, dass die Menschen in Oberndorf beschlossen, dem kleinen Leopold eine ganz besondere Ehre zuteilwerden zu lassen. Sie wählten ihn zu ihrem Bürgermeister. Es war das erste und einzige Mal in der Geschichte von Oberndorf an der Melk, dass ein kleiner Bub die Geschicke der Marktgemeinde lenkte.

Leopold regierte nicht mit Gesetzen und Paragraphen, sondern mit seinem reinen Herzen, seiner Liebe zur Natur und seiner unerschütterlichen Hoffnung. Unter seiner Führung blühte Oberndorf an der Melk wie nie zuvor auf und die Sage von dem kleinen Bürgermeister Leopold wurde von Generation zu Generation weitergegeben, um die Menschen daran zu erinnern, dass manchmal die größte Weisheit und der größte Mut in den kleinsten Herzen zu finden sind.

Die heilige Quelle hoch oben im Großbergwald gibt es noch heute. Klein und kaum spürbar! Es wird wieder Zeit sich für manche Verfehlungen bei der Quelle und dem Wald zu entschuldigen. Leopold der Weise ist lange Geschichte und seine Taten sind längst in Vergessenheit geraten. Daher seid mutig, voll Liebe und Hoffnung und geht hinein in den magischen Wald, zur heiligen Quelle, lauscht, fühlt und seid dankbar.

Das Kind im Dachsbau

Hoch oben am Großberg, dort wo die Tannen dicht stehen und der Nebel selbst im Sommer wie ein silberner Schleier durch die Äste zieht, liegt ein Wald, den die Alten von Oberndorf an der Melk nur ehrfürchtig den „magischen Wald" nennen.

Seit Menschengedenken hieß es, dort wohne ein uraltes Geheimnis. Wanderer hörten manchmal Stimmen zwischen den Bäumen, wo niemand war, oder sahen Füchse, Rehe und Eulen Seite an Seite stehen, als hielten sie stille Wacht.

Einst in einem versteckten Dachsbau, unter einer moosbedeckten Wurzel, lebte dort versteckt ein Kind – weder ganz wild noch ganz Mensch. Man sagte, es sei bei einem Gewittersturm geboren worden, als ein Blitz die Erde spaltete und ein Dachs das Baby in die Höhle aufnahm. Die Tiere hatten das Kind großgezogen: die Eule lehrte es zu sehen, was im Verborgenen liegt, der Hirsch zeigte ihm das Hören der Stille, und der Dachs gab ihm den Mut, im Schatten zu leben.

Es sprach mit all den Tieren – in einer Sprache, die aus Laute, Blicken und Bewegungen bestand – und verstand den Wind, den Regen und das Rufen der Bäume. Es war der Hüter des Waldes, ein Kind, lebend in Harmonie mit der Natur.

Doch eines Tages kam eine Försterin, begleitet von ihrem Hund, den Hang herauf. Der Hund spürte den Dachsbau auf, aber bellte nicht – er legte sich einfach vor den Eingang und winselte leise. Die Frau beugte sich hinunter – und sah das Kind, mit Blättern im Haar und einem Eichhörnchen auf der Schulter. Es sah sie an – nicht ängstlich, nur ruhig, als wüsste es, dass seine Zeit im Wald zu Ende ging.

Das Kind wurde ins Dorf gebracht, nach Oberndorf an der Melk. Eine liebevolle Pflegefamilie nahm es auf, gab ihm Kleidung, Wärme und einen Platz am Tisch. Zuerst sprach das Kind nicht – seine Worte gehörten dem Wald. Doch mit der Zeit, in der Schule, lernte es die Sprache der Menschen. Die Lehrer staunten: Es war still, aber wenn es sprach, war jedes Wort wie ein Lied – verständig und klar.

Doch das Kind vergaß seine alte Sprache nie. Es hörte weiterhin die Vögel singen und verstand, wenn die Katzen auf dem Dach weinten. Und so wurde es zu einem Dolmetscher zwischen der Tierwelt und den Menschen.

Wenn ein Bauer nicht wusste, warum seine Kühe nachts unruhig waren, fragte er das Kind. Wenn der Bürgermeister den Bau einer Straße durch ein Rehrevier plante, hörte er auf dessen Rat. Und wenn Kinder einem Igel begegneten, der nicht weiterwollte, holten sie das Kind – das kniete sich hin, sah den Igel an, und sagte dann: „Er möchte nur, dass man seine Ruhe respektiert."

Noch heute, so erzählt man sich im Ort, lebt das Kind – längst erwachsen – in der Nähe des Waldrandes. Und wenn Tiere verstört aus dem Wald fliehen oder Menschen den Einklang mit der Natur verlieren, dann kommt es – mit einem Blick, der die Stille kennt – und bringt sie alle wieder in Harmonie.

So wurde das Kind aus dem Dachsbau zur Brücke zwischen zwei Welten. Und der magische Wald am Großberg? Er lebt weiter – bewacht von seinem einstigen Hüter, der nie vergaß, woher er kam.

Die gutartige Hexe

Ehemals, vor vielen, vielen Jahren, im malerischen Oberndorf an der Melk im Herzen des Mostviertels, eingebettet in sanfte Hügel und von weiten Wäldern umgeben, war dieses kleine Dorf ein Ort des Friedens und der Harmonie. Doch tief im Wald, auf dem geheimen Großberg, lebte eine Hexe – nicht die bösartige, wie man sie aus alten Erzählungen kennt, sondern eine gütige und weise Frau, die den Wald und seine Tiere liebte und pflegte.

Die Hexe, die von den Dorfbewohnern "Alma" genannt wurde, hatte schon lange das Vertrauen der Tiere und der Natur gewonnen. Sie verstand die Sprache der Bäume und des Windes und wusste, wann der Regen kommen würde, bevor er sich am Horizont zeigte. Täglich streifte sie durch den Wald, heilte verletzte Tiere, pflegte kranke Pflanzen und kümmerte sich um alles, was das Leben in diesem Wald ausmachte.

Alma hatte einen besonderen Zauber: Wenn ein Tier in Not war, konnte sie es mit einem sanften Zauberspruch heilen. Verirrte Vögel fanden ihren Weg zurück, und wilde Hasen, die in die Falle eines Jägers geraten waren, konnten sich in den sicheren Schutz des Waldes begeben. Die Dorfbewohner, die sie aus der Ferne kannten, sprachen oft von ihr als die "Beschützerin des Waldes", und obwohl sie ihre Hilfe nie direkt in Anspruch nahmen, wussten sie, dass Alma stets da war, wenn sie gebraucht wurde.

Doch Alma hatte auch eine ungewöhnliche Gabe, die nur die Tiere des Waldes und die weise alte Frau selbst kannten. Jedes Mal, wenn ein Mensch kam, der mit der Natur in Konflikt stand – einer, der den Wald zerstörte, den Tieren Leid zufügte oder gar die Pflanzen und Bäume achtlos abhackte –, trat eine Veränderung ein. Alma, die von der Unversehrtheit des Waldes sprach, verwandelte den Menschen in einen Strauch mit Beeren.

Es war keine Strafe, sondern eine Lektion. Der Strauch, der aus diesem Menschen wurde, war kein gewöhnlicher Strauch. Er trug reichlich Beeren, die süß und nährstoffreich waren, doch niemand konnte die Beeren essen, außer den Tieren des Waldes. Rehe, Hasen, Vögel und sogar Bären kamen und naschten von den Früchten, die am Strauch hingen. Doch die Beeren waren nicht nur Nahrung – sie waren auch ein ständiger Hinweis darauf, wie wichtig es war, mit der Natur im Einklang zu leben.

Die Tiere des Waldes wussten, dass sie die Beeren nur dann pflücken konnten, wenn sie wirklich hungrig waren und dass sie den Strauch respektieren mussten. Die Menschen jedoch, die in ihrer Gier und Arroganz der Natur schaden wollten, sahen nichts anderes als einen Strauch. Keiner von ihnen konnte mehr die Schönheit der Natur wahrnehmen. Sie waren für immer in diesen Zustand verbannt, bis sie aus der Erde wieder hervorgingen – wie der Frühling nach einem langen Winter, aber ohne den alten Glanz und die Freude, die sie einst gekannt hatten.

Die Dorfbewohner wussten schnell, dass sie sich von Alma fernhalten sollten, wenn sie ihr eigenes Leben und das Leben des Waldes nicht stören wollten. Doch diejenigen, die mit Respekt und Ehrfurcht vor der Natur lebten, wurden von der Hexe auf geheimen Wegen besucht, mit Heilkräutern und Weisheiten versorgt.

Eines Tages, so sagt man, kam ein junger Mann aus dem Dorf zu Alma, ein wissbegieriger und sanfter Naturfreund, der alles über den Wald lernen wollte. Alma nahm ihn in ihren Kreis auf und lehrte ihn, wie man die Pflanzen des Waldes richtig erkennt, wie man Tiere heilt und wie man den Wald mit Respekt behandelt. Dieser junge Mann wuchs zu einem weisen Förster heran und beschützte den Wald von jeder Gefahr. Er erzählte Geschichten von Alma, der gutmütigen Hexe vom Großberg, die den Wald so sehr liebte.

Und so lebt die Sage von Alma, der Hexe des Großbergs, bis heute weiter, durch die Geschichten der Alten und in den Erzählungen der Bäume, die in den Wind ihre Lieder singen. Wer in den Wäldern von Oberndorf wandert, kann vielleicht noch immer den Duft der magischen Beeren riechen – und er wird wissen, dass er sich der Natur mit Ehrfurcht und Respekt nähern muss, um nie selbst zu einem Strauch zu werden.

Respektiert den Wald und die Tiere darin, dann werdet Ihr Teil von der Natur und ihren heilenden Gaben.

Das Herz des Waldes

Vor vielen Jahren, als die Wälder rund um Oberndorf noch dichter und dunkler waren, lebte ein junger Jäger mit wachem Blick und stillem Gemüt. Er kannte jeden Pfad, jeden Hang, jeden Baum des Großbergwaldes – so glaubte er. Doch eines Tages, als er auf leiser Pirsch einem mächtigen Wildschwein nachstellte, geschah etwas Unerwartetes.

Mitten im Lauf trat der Jäger auf eine moosbedeckte Stelle – und der Boden gab unter ihm nach. Er stürzte in die Tiefe. Äste brachen, Steine rollten, und schließlich landete er hart, aber unverletzt, auf feuchtem Boden. Als er sich umsah, erkannte er: Er war in eine uralte, vergessene Höhle gefallen.

Der Jäger war nicht leicht zu erschüttern. Er griff in seinen Beutel, holte sein Zunderzeug hervor und fertigte sich eine Fackel an. Ihr flackerndes Licht ließ schimmernde Wände, seltsame Wurzeln und glitzernde Tropfen sichtbar werden. Tiefer und tiefer wagte er sich vor, geführt von einem seltsamen, warmen Leuchten in der Ferne.

Schließlich trat er in eine gewaltige Halle – so groß, dass man den Himmel darin vermuten könnte. In der Mitte wuchs ein uralter, gewaltiger Baum. Seine Rinde war silbern, seine Blätter leuchteten sanft in grünem Licht, und aus seinem Stamm strömte eine ruhige, lebendige Wärme. Dies war das Herz des Waldes – der geheime Ursprung aller Lebenskraft in der Natur.

Der Baum begann zu sprechen. Seine Stimme klang wie das Rauschen des Windes und das Knarren alter Äste zugleich. Er erzählte dem Jäger von der Sorge des Waldes: von gefällten Bäumen, gestörten Quellen, von Tieren, die nicht mehr zurückkehren.

„Du hast mich gefunden, junger Mensch", sagte der Baum. „Nicht durch Gewalt, sondern durch Schicksal. Wenn du willst, kannst du mein Wächter werden – mein Heger. Beschütze, was ich seit Jahrhunderten hüte."

Der Jäger senkte ehrfürchtig den Blick – und versprach es.

Seit diesem Tag war er kein Jäger mehr, sondern der Hüter des Großbergwaldes. Man sah ihn oft allein durch die Wälder streifen – doch kein Tier fürchtete ihn mehr. Bäume, Quellen, Vögel und Rehe – alles schien ihn zu erkennen.

Und wer heute durch den Großbergwald wandert, spürt manchmal noch ein warmes Flüstern im Wind. Es heißt, das Herz des Waldes schlägt noch immer – und sein Heger wacht noch heute treu darüber.

Der abscheuliche Kelte

Es war zu jener fernen Zeit, als der Großberg noch ein Urwald war – wild, undurchdringlich und von Menschen kaum betreten. Die Marktgemeinde Oberndorf an der Melk existierte noch nicht, keine Straße schnitt durch das Tal, kein Haus stand auf weiter Flur. Nur Bäume, Nebel und das Flüstern der Götter.

In jenen Tagen lebte ein Stamm von Kelten in den Hügeln jenseits des Flusses. Unter ihnen war ein junger Mann namens Abenzio, dessen Gesicht von Narben gezeichnet war – Spuren eines Kampfes oder eines Fluchs, niemand wusste es mehr genau. Die Alten sahen in ihm ein böses Omen. Die Kinder liefen davon, wenn er kam. Und so traf der Stamm ein grausames Urteil: Abenzio solle in den Wald gehen – ohne Waffen, ohne Nahrung. Dort, wo die Tiere sterben, solle auch er sein Ende finden.

Schweigend gehorchte Abenzio. In Tierfellen gehüllt, mit zitternden Händen, betrat er den Großbergwald – bereit, zu sterben.

Doch der Tod kam nicht.

Je tiefer er in das Dickicht vordrang, desto stiller wurde der Wald. Kein Windhauch, kein Vogelruf. Nur das pochende Herz der Erde – und dann erschien er: Ein Wesen, halb Mensch, halb Hirsch. Sein Körper war von Wurzeln umschlungen, sein Haupt trug ein gewaltiges Geweih, und seine Augen leuchteten wie grüne Flammen.

Cernunnos, der alte Gott der Natur, stand vor Abenzio.

Mit tiefer Stimme sprach er:

„Dein Volk sieht das Ende – ich aber sehe den Anfang. Deine Narben sind nicht Fluch, sondern Zeichen. Du bist nicht verstoßen – du bist erwählt."

Der Gott legte seine Hand auf Abenzios Stirn. In diesem Moment heilten die Wunden, und aus Schmerz wurde Kraft. Die Narben verblassten, doch die Erinnerung blieb.

Abenzio kehrte zurück zu seinem Stamm – nicht als Abscheu, sondern als Wunder. Er erzählte vom Gott mit dem Geweih, von der Stimme der Erde und dem uralten Versprechen, das er empfangen hatte: Die Natur verzeiht, aber sie vergisst nie.

Seit jenem Tag versammelte sich der Stamm jedes Jahr, wenn die Nebel am dichtesten waren, und feierte ein Fest für Cernunnos. Man schmückte sich mit Geweihen aus Holz, tanzte um das Feuer und bat um Schutz für Wald, Tier und Mensch.

Und manche sagen:

Wenn in dunkler Nacht der Wind durch die alten Bäume rauscht, sieht man einen einsamen Mann mit Hirschgeweih durch den Großbergwald wandern. Es ist Abenzio – der einst Abscheuliche, nun Hüter des heiligen Waldes.

Die Geheimnisse des Großbergwaldes sind unergründlich.

Die schwarze Feder

Es war vor langer Zeit, als Oberndorf an der Melk noch von dichten Wäldern umgeben war, in denen Rehe flüsterten und Eulen die Nacht bewachten. In jenem Dorf lebte ein junger Mann namens Engelbert, stillen Gemüts, mit wachem Blick und einer tiefen Liebe zur Natur.

Eines Tages wanderte Engelbert durch den Großbergwald, wo das Moos wie Samt war und das Licht in goldenen Strahlen durch das Blätterdach fiel. Während er den Ruf eines Eichelhähers verfolgte, setzte sich ein Rabe mit tiefschwarzem Gefieder vor ihm auf einen Ast. Er blickte Engelbert direkt in die Augen, als würde er ihn prüfen. Dann ließ er langsam und feierlich eine einzelne schwarze Feder fallen – mitten vor Engelberts Füße.

Verwundert hob Engelbert die Feder auf. Kaum berührte er sie, durchzuckte ihn ein warmer Schauer, als hätte ein uralter Geist zu ihm gesprochen. In jener Nacht träumte Engelbert von längst vergangenen Zeiten: von römischen Legionären, von alten Höfen und vergessenen Namen. Am Morgen erwachte er mit dem Drang, alles niederzuschreiben.

Fortan trug Engelbert die schwarze Feder stets bei sich. Und jedes Mal, wenn er sie zur Hand nahm, flossen die Worte wie von selbst aufs Pergament. Er schrieb über das römische Erbe in der

Region, über die Entstehung der Gehöfte, über die Menschen, die kamen und gingen. Seine Chroniken waren so detailreich, dass selbst die Ältesten des Dorfes staunten.

Man sagt, die Feder flüsterte ihm manchmal Geschichten zu, die längst im Nebel der Zeit verschwunden waren. Er beschrieb nicht nur das Sichtbare, sondern auch das, was vergessen war – als würde die Feder selbst Erinnerungen aus der Erde ziehen.

Mit den Jahren wurde Engelbert als der Chronist von Oberndorf an der Melk bekannt. Noch heute liegen seine Aufzeichnungen gut verwahrt im Dorfarchiv. Und wer genau hinsieht, erkennt in der Tinte einen leichten Schimmer –

als ob die Feder immer noch Magie in sich trüge.

Die schwarze Feder jedoch, so erzählt man sich, verschwand auf unerklärliche Weise. Manche sagen, der Rabe habe sie zurückgeholt. Andere glauben, sie ruht irgendwo im Großbergwald und wartet auf den Nächsten, der würdig ist, Oberndorfs Geschichte weiterzuschreiben.

Magisch ist der, der magisches tut.

Der freie Mann

In den sanften Hügeln von Oberndorf an der Melk, wo der Großbergwald wie ein grüner Mantel über der Landschaft liegt, erzählt man sich die Geschichte eines Mannes namens Martin. Ein stiller, nachdenklicher Mensch, der oft allein in den Wald ging, wenn ihm das Leben zu laut wurde.

Eines Tages, es war ein warmer Frühlingstag, wanderte Martin tiefer in den Großbergwald hinein als je zuvor. Er spürte eine Unruhe in sich – eine Sehnsucht, die er nicht benennen konnte. Da stieß er auf einen Baum, mächtig und alt, friedlich verwurzelt auf dem Waldboden. Ohne zu wissen warum, setzte sich Martin vor dem Baum und lehnte sich mit den Rücken an den Stamm.

Kaum hatte er Platz genommen, durchströmte ihn eine seltsame Ruhe. Der Lärm der Welt verstummte, die Gedanken wurden klar, und eine Stimme – nicht laut, aber deutlich – schien aus dem Innersten des Waldes zu ihm zu sprechen:

„Du bist frei. Frei von dem, was man dir sagt zu sein. Frei zu fühlen, zu denken und zu leben."

Der Baum wurde seitdem der Baum der Freiheit genannt. Denn in jenem Moment legte Martin alle Zwänge der Gesellschaft ab – das Streben nach Macht, nach Besitz, nach Anerkennung. Er kehrte nach Oberndorf zurück, doch er war nicht mehr derselbe. Er sprach mit den Menschen, mit offenem Herzen und freien Worten:

„Wir alle sind gleich. Keiner steht über dem anderen. Freiheit beginnt im Inneren, und sie wächst durch Mitgefühl, Toleranz und Unterstützung."

Viele belächelten ihn zunächst. Doch mit der Zeit begannen seine Worte zu wirken. Die Menschen hörten zu – nicht nur mit den Ohren, sondern mit ihren Herzen. Sie begannen, einander zu helfen, Unterschiede zu respektieren, und das Leben einfacher und friedlicher zu gestalten.

Manche sagen, Martin sei eines Tages einfach verschwunden, zurück in den Großbergwald, dorthin, wo die Bäume frei wachsen dürfen. Andere glauben, er lebt noch – irgendwo im Wald wie der

Baum der Freiheit, als stiller Wächter einer neuen Welt.

Doch bis heute, wenn jemand sich verirrt in Gedanken oder Zweifeln, sagt man im Dorf:

„Setz dich zum Baum der Freiheit – vielleicht wirst auch du ein freier Mensch. Frei von Ängsten und Zwängen."

Der Großbergwald verbirgt so einige Geheimnisse. Seht hin. Fühlt und spürt den magischen Wald. Öffnet euch, dann zeigt er euch neue Wege und Erkenntnisse.

Die behütende Leyla

In den grünen Hügeln von Oberndorf an der Melk, wo der Großbergwald seine uralten Bäume emporstreckt, lebte einst ein Mädchen namens Leyla. Sie war bekannt für ihr sanftes Wesen, ihre tiefe Frömmigkeit und ihre Liebe zur Natur. Oft wanderte sie allein durch den Wald, sprach mit den Vögeln und lauschte dem Rascheln der Blätter, als wären es Worte.

Eines Tages, als die Sonne golden durch das Blätterdach fiel, erklomm Leyla den Großberg und betrat den stillen, schattigen Wald. Beim Spazieren bemerkte sie hinter einem moosbedeckten Baumstamm ein verstecktes Rehkitz, das vorsichtig aus seinem Versteck lugte.

Leyla kniete nieder, um das kleine Wesen still zu beobachten, als plötzlich das Unterholz knackte.

Ein großer Bär trat aus dem Dickicht. Langsam, mit schwerem Atem, näherte er sich dem Kitz. Leylas Herz pochte. Ohne zu zögern sprang sie auf, lief zu dem Kitz und legte sich schützend über das kleine Tier. Sie hatte keine Angst um sich – nur Sorge um das wehrlose Leben unter ihr.

Der Bär hielt inne.

Er stellte sich auf seine mächtigen Hinterbeine, blickte Leyla an – nicht mit Zorn, sondern mit tiefer Ruhe – und begann mit tiefer Stimme zu summen. Es war kein Knurren, kein Brüllen, sondern ein uralter Ton, wie ein Lied des Waldes selbst.

Plötzlich flog eine Elster heran und ließ sich auf einem Ast nieder. Der Bär neigte leicht das Haupt, als wolle er ihr etwas mitteilen. Die kluge Elster verstand, denn kurz darauf erhob sie sich und flog durch den Wald, rufend, rufend – und die Tiere horchten auf.

Was dann geschah, hat sich tief ins Herz von Oberndorf gebrannt.

Aus allen Richtungen kamen die Tiere des Waldes. Hasen, Dachse, Eulen, Füchse, ja selbst eine scheue Wildkatze – sie alle folgten dem Ruf. Und sie fanden Leyla noch immer schützend über dem Rehkitz liegend, die Augen geschlossen, in stiller Andacht.

Als sie den Kopf hob, war sie umringt. In stillem Staunen blickte sie um sich. Kleine Hasen sprangen zu ihr und stupsten ihre Hand. Ein Spatz landete auf ihrer Schulter und zwitscherte zärtlich. Ein Eichhörnchen kletterte auf ihren Arm, als wollte es nicht mehr fort.

Dann trat ein erwachsenes Reh hervor. Es war die Mutter des Kitzes. Majestätisch und doch voller Demut. Das Reh verbeugte sich vor Leyla. Die Tiere verharrten – der Wald hielt den Atem an.

Von diesem Tag an galt Leyla als die Behütende, die Freundin und Hüterin der Tiere des Großbergwaldes. Wann immer sie nun den Wald betrat, kamen die Tiere aus ihren Verstecken, liefen an ihrer Seite, begleiteten sie wie eine Königin – nicht durch Macht, sondern durch Güte geehrt.

Und so erzählt man sich noch heute in Oberndorf an der Melk:

„Wenn du Leyla im Wald begegnest, wirst du wissen, dass wahre Stärke im Herzen wohnt – und dass selbst der größte Bär vor Mitgefühl seinen Zorn vergisst."

Der Wald ist Teil unseres Herzens. Fühlt euch mit Ruhe und Besonnenheit in die Natur, dann werdet ihr Teil des Waldes.

Ruhe in Frieden

In Oberndorf an der Melk, einem kleinen Ort voller Wiesen, Wälder und alter Geschichten, lebte einst ein Junge namens Klaus. Er war ein stiller, freundlicher Bursche – doch am meisten strahlte sein Herz, wenn er bei seinem kleinen Hasen war, den er zärtlich Flocke nannte.

Flocke war kein gewöhnliches Haustier. Er war Klaus' bester Freund, Begleiter und Vertrauter. Der Hase tappte ihm überall hin nach, hörte sich seine Sorgen an, kuschelte sich zu ihm, wenn Klaus traurig war, und hüpfte fröhlich durch den Garten, wenn Klaus lachte.

Doch die Jahre vergingen – wie sie es immer tun – und eines Tages lag Flocke ganz still in seinem Körbchen. Alt und müde war er geworden, und seine Zeit war gekommen.

Klaus konnte es nicht begreifen. Eine tiefe Traurigkeit legte sich auf sein Herz. Weder Mutter noch Vater konnten ihn trösten. Kein Spiel, kein Lied, kein freundliches Wort half gegen den Schmerz des Verlusts.

Da nahm ihn seine Großmutter, eine Frau mit silbernem Haar und warmen Augen, an der Hand. Sie setzte sich mit ihm ans Fenster und sprach mit leiser Stimme:

„Weißt du, Klaus… am Großberg, dort wo der Wald beginnt, gibt es einen magischen Ort. Man nennt ihn den Wald des Friedens. Dort geschehen wundervolle Dinge. Und dorthin gehen die

Tiere, wenn ihre Zeit auf dieser Welt zu Ende ist."

Klaus blickte sie an, noch mit Tränen in den Augen.

„Ist Flocke auch dorthin gegangen?"

„Ja", sagte die Großmutter sanft. „Und wenn du genau hinhörst, kannst du vielleicht sein kleines Herz in den Bäumen schlagen hören."

Am nächsten Morgen nahm Klaus Flocke behutsam in eine weiche Decke, trug ihn den Großberg hinauf und trat in den stillen Wald. Er ging tiefer, bis er eine kleine Lichtung fand, wo das Sonnenlicht durch das Blätterdach fiel wie durch ein Kirchenfenster. Dort grub er mit bloßen Händen ein kleines Grab und legte Flocke hinein. Mit jedem Häufchen

Erde ließ er einen Teil seiner Traurigkeit los.

Dann setzte sich Klaus auf einen moosbedeckten Stein – und lauschte.

Er hörte das Rascheln der Blätter, das Zwitschern eines Vogels, das leise Plätschern eines nahen Bachs. Und für einen Moment glaubte er, ein leises, vertrautes Hoppeln zwischen den Bäumen zu hören… so, als würde Flocke noch einmal kurz vorbeihüpfen, um sich zu bedanken.

Von diesem Tag an kam Klaus oft in den Großbergwald. Nicht nur, um zu trauern – sondern um sich an die Liebe zu erinnern, die ihn mit Flocke verbunden hatte. Und jedes Mal, wenn er dort war, fühlte er sich nicht allein.

Man sagt in Oberndorf:

„Wer im Großbergwald einen verlorenen Freund verabschiedet, der findet ihn nicht im Vergessen, sondern im Frieden wieder."

Der Großbergwald beschützt die Toten und Lebenden. Er schenkt Liebe und Hoffnung. Begegnet den Wald mit offenen und einfühlsamen Augen und schenkt ihn ehrfürchtig die Liebe zurück.

Danksagung

Herzlichen Dank, dass ihr die neuen Geschichten uns Sagen gelesen habt. Ich hoffe, ihr hattet ebenso viel Freude beim Lesen wie ich bei der Ideenfindung, beim Schreiben und publizieren.

In meinem Kopf schwirren nach wie vor noch viele Geschichten umher. Diese Geschichten waren die ersten die ich auf Papier gebracht habe.

Ein ganz besonderer Dank gilt meiner Frau Heidi, die mir mit viel Geduld, Verständnis und der nötigen Ruhe den Freiraum gegeben hat, dieses Buch zu schreiben. Danke auch an meine Kinder, deren Fantasie und Ideen die Geschichten auf wundervolle Weise zusätzlich bereichert haben.

Mein aufrichtiger Dank geht an meine Testleserinnen – Heidi, Lara, Sarah, Theresa, Anke, Claudia W., Claudia M., Marina, Karl, Johanna, Franziska und Michelle. Euer ehrliches Feedback, euer wachsames Auge und eure Unterstützung waren für mich von unschätzbarem Wert.

Ein herzliches Dankeschön an meine geschätzte Schriftstellerkollegin Marina Prokopp, für ihre motivierenden Worte, ihre wertvollen Ratschläge und ihren festen Glauben an meine Projekte.

Über den Autor

Martin Josef Boubal wurde 1971 in Wien geboren. Er ist verheiratet und lebt mit seiner Frau und Ihren zwei Kindern in Niederösterreich. Ursprünglich, ein gelernter Tischler, trat Boubal 1990 in den Dienst der Landespolizeidirektion Wien ein.

Dort engagiert er sich seit Jahrzehnten mit großem Einsatz für Sicherheit und Zusammenhalt in der Gesellschaft.

Ehrenamtlich engagierte er sich in seiner Wohngemeinde an mehreren Projekten, bis er 2025 in den Gemeinderat gewählt wurde. Besonders am Herzen liegt ihm das Wohlbefinden von Kindern. Er setzt sich mit Leidenschaft dafür ein, ihnen Freude, Spaß und Unbeschwertheit zu ermöglichen. Ihr könnt Martin auf Facebook oder Instagram folgen.

DANKE EUER

MARTIN JOSEF BOUBAL (MJB)